ACTES SUD JUNIOR
est dirigé par Madeleine Thoby-Le Duc

Un éléphant
dans la neige

Du même auteur

Wanda
La Baguette de mikado
La Mansarde
Les Ombres de novembre
Le Silence de Solveig
Dis merci à la dame
Le Rôdeur de Saint-André
Le Loup de Manigod
Les Corbeaux de Fourlaud
Vous avez un nouveau message
ACTES SUD JUNIOR

Direction artistique :
Guillaume Berga

Maquette :
Amandine Chambosse

© Actes Sud, 2004
ISBN 2-7427-4886-5

*Loi 49-956 du 16 juillet 1949
sur les publications destinées à la jeunesse*

les premiers romans

FRANÇOISE GRARD

Un éléphant dans la neige

ILLUSTRÉ PAR
FRÉDÉRIC RÉBÉNA

ACTES SUD JUNIOR

1

Une drôle de rencontre

C'est ce soir-là que j'ai connu la grande peur de ma vie. Ne riez pas, c'est très sérieux. Ou plutôt, répondez sincèrement à cette question : Avez-vous déjà rencontré un anorak qui se promène tout seul ?

Eh bien, moi, oui…

Chez nous, quand la nuit tombe, les sapins ressemblent à des personnes. Et quand leurs longs bras se touchent, on dirait des gens qui se tiennent par la main. Ceux

7

qui bordent notre maison, j'ai toujours l'impression qu'ils m'accueillent en hochant leur tête pointue ; mais ceux de la forêt, je dois dire que, même à douze ans – c'est mon âge –, leur attroupement menaçant me fait frissonner. Surtout quand je rentre un peu tard de chez Pierrot.

Pierrot, c'est mon voisin. Enfin, mon voisin… Si vous habitez en ville, comme ma cousine, les voisins vous marchent sur la tête à l'étage au-dessus. Alors que Pierrot, mon plus proche voisin, habite à trois cents mètres de notre barrière. C'est de Papa que je tiens le chiffre exact.

Il peut s'en passer, des choses, le temps de faire ces six cents enjambées. C'est encore Papa qui m'a expliqué le coup des enjambées.

Alors, ce soir-là, je me suis dépêché pour les expédier, mes six cents enjambées, d'autant que la nuit tombe vite en février.

Bien sûr, il y a la neige. Maman dit toujours que c'est notre lumière à nous, l'hiver. Une lumière qui monte du sol, au lieu de descendre du ciel. N'empêche que, entre le crépuscule et la foule des sapins noirs, même la neige s'éteint.

Je marchais donc très vite, en suivant le bord du chemin le plus éloigné, l'œil aux aguets, comme un vrai douanier. Il faut dire que nous autres, les frontaliers, à cause de la Suisse qui commence quelque part dans la forêt, invisible comme une grande bête tapie, on nous apprend très tôt à faire attention. À cause des trafiquants, des trafiquants de drogue même. C'est Papa qui m'a expliqué tout ça quand j'ai commencé à circuler tout seul. Il paraît qu'ils se font tout petits pour passer leur marchandise. À force d'en entendre parler, et de ne jamais les voir, j'ai fini par espérer en voir un en vrai. Rien qu'une fois, un beau trafiquant, pas trop petit…

En fait de trafiquants, je n'ai vu que des lapins, et pas souvent encore…

Et un anorak vide qui marche, j'en ai vu un, et là j'ai eu vraiment peur. Parce qu'on a toujours beaucoup plus peur de ce qu'on n'a pas prévu.

C'était entre les sapins, à ma droite. Brusquement, sans bruit. Un anorak gris ou blanc qui filait entre les troncs. Arrêté au bord du chemin, j'ai remonté mes lunettes sur mon nez, j'ai regardé, regardé : sous la capuche remontée, il semblait n'y avoir personne ; c'était tout sombre là-dedans…

Mes jambes sont alors parties toutes seules, et j'ai couru d'une traite jusqu'à notre barrière.

À la maison, je n'ai rien dit parce que Papa se serait moqué de moi en disant que je suis trop grand maintenant pour voir des loups dans la forêt ; quant à Maman, elle voudrait sûrement m'emmener chez le psy. Ça, c'est parce qu'elle lit trop de magazines, en particulier chez le coiffeur, à Morteau.

J'ai toujours du mal à garder quelque chose sur le cœur, comme j'ai du mal à garder quelque chose sur l'estomac. Alors c'est vrai que je n'ai pas été très bavard ce soir-là. Maman, qui confond parfois le cœur et l'estomac, était persuadée que j'étais malade et me touchait tout le temps le front. Ce qui agaçait Papa parce qu'il trouve qu'elle me couve trop.

Le résultat ne s'est pas fait attendre : on m'a envoyé me coucher dès la fin du repas.

J'ai quand même vérifié qu'il n'y avait pas d'anorak sous mon lit, on ne sait jamais. Et puis je me suis glissé sous ma couette avec une bonne bande dessinée. Contre la peur, je ne connais rien de mieux que les bandes dessinées ou le chocolat.

Chez nous, il n'y a pas de volets aux fenêtres. Il faut dire qu'elles sont toutes petites, les fenêtres francomtoises, à cause du froid ; et qu'à part les sapins, personne ne pourrait regarder dans ma chambre, vu que ma chambre est tournée vers la montagne, le Chateleu plus exactement.

D'ailleurs, moi non plus je ne vois rien. Les carreaux sont noirs et opaques comme de la réglisse, et si je me tourne vers eux, c'est moi que je vois, ce qui n'est pas spécialement intéressant.

Pourtant ce soir-là, c'est plutôt le souvenir de l'anorak qui m'a fait jeter un coup d'œil, l'air de rien. Et là...

Eh bien, là, il était là ! Tout près, qui agitait doucement sa capuche, de gauche et de droite, comme pour me saluer.

Passée la terreur qui m'a fait comme un coup de canon dans la poitrine, j'ai réussi à fixer mon attention. Il faut avouer que depuis ma mezzanine (qui forme une retraite imprenable), et protégé par la vitre, je me sentais un peu moins vulnérable que dans la forêt.

Et alors, j'ai compris mon erreur : la capuche n'était pas vide : elle abritait deux grands yeux noirs, si grands que la figure, sombre elle aussi, semblait trop petite pour les contenir.

La lumière de ma chambre éclairait un sourire timide, et c'est ce sourire qui m'a décidé.
J'ai dégringolé mon échelle et je me suis
approché sur la pointe des pieds. Vous me
direz que la pointe des pieds ne se justifiait
pas, mais je marche toujours sur la pointe
des pieds quand je suis ému, le matin de
Noël par exemple. Bon, je m'égare...

À mon tour, face au carreau, je n'ai rien
trouvé de plus intelligent à faire que de sourire. Le sourire de mon
visiteur s'est agrandi, et
ça aurait pu durer
longtemps, s'il n'avait
pas eu la bonne idée
de brandir quelque
chose d'intéres-
sant : un ballon de
foot.

Il faut vous dire
que, pour moi, il n'y

14

a rien de plus important au monde que le football. Je ne parle même pas de l'école, ou de… voyons, je cherche quelque chose de plus important encore… Tiens, les parties de pêche que je fais avec Papa dans les ruisseaux de la montagne, pendant que Maman reçoit ses amies. Non, rien ne vaut en passion, en folie, en bonheur, ma séance d'entraînement du mercredi après-midi. Alors, l'apparition d'un ballon, n'importe où, à n'importe quelle heure, c'est comme un drapeau hissé qui rallie les amis inconnus…

Pardon, je suis très bavard, je le reconnais, et Maman n'a pas tort quand elle affirme qu'il existe toutes sortes de pies au masculin… La vérité, c'est que chacun pense toujours être plus intéressant que les autres…

Pour revenir au ballon, à sa vue, je n'ai pas hésité, j'ai ouvert la fenêtre d'un tour de poignet énergique. L'air froid a sauté dans la chambre, et le ballon aussi. Je me suis penché pour le ramasser et le tendre à mon visiteur, mais celui-ci a fait « non » de la tête, et m'a fait signe qu'il voulait sauter lui aussi dans ma chambre.

C'est alors que je me suis aperçu qu'il claquait des dents. Si fort qu'il ne pouvait pas parler. Et je me suis souvenu de Papa qui avait déclaré tranquillement avant le dîner, en rajoutant une grosse bûche dans la cheminée : « Mmm... il va geler dur cette nuit ! »

Il faut savoir que pas loin de chez nous, il y a la « Petite Sibérie », vous connaissez peut-être, c'est le coin le plus froid du Jura suisse... Il n'est pas rare que le thermomètre y descende à moins trente degrés.

D'ailleurs, moi aussi je me suis mis à trembler tandis que la fenêtre me jetait une rafale de neige au visage.

Alors, ce sont deux tremblants qui se sont tendu la main pour hisser le plus tremblant des deux dans la pièce...

Mon visiteur, tout courbé sous ses frissons, s'est précipité vers le radiateur. Les bras repliés contre sa poitrine, il s'est assis dessus, et m'a fixé intensément, tout en sursautant _—Start/ Jump_ comme si une main invisible le secouait de la tête aux pieds.

En fait, mon visiteur était un enfant à peu près de mon âge, mais long et fin comme nous ne le sommes pas nous autres montagnards. Je le voyais bien à ses bras qui dépassaient de son anorak, à son visage en amande aux traits effilés, si délicats qu'on les aurait dits dessinés par la main la plus légère du monde.

Comme il ne pouvait toujours pas articuler un mot, avec ses dents qui s'entrechoquaient, j'ai eu une inspiration. J'ai foncé vers mon placard, dans le tiroir aux chaussettes, là où je cache une réserve de chocolat pour les soirs de trouille. (Maman serait furieuse, du chocolat quand on vient de se brosser les dents !) Et je lui ai tendu une bonne barre aux noisettes.

Il a réussi à croquer malgré ses tremblements, et peu à peu les soubresauts de son corps se sont espacés. Moi, de mon côté, j'ai enfilé ma robe de chambre. Pas seulement pour me réchauffer, mais aussi pour être plus correct ; c'est vrai, mon visiteur s'était transformé en invité ! Et les invités, on les invite à s'asseoir. C'est ce que j'ai fait moi-même sur le tapis, tandis que mon visiteur se laissait glisser sur ses talons tout en calant son dos contre le radiateur.

Entre deux bouchées, il s'est alors expliqué...

2

Un voyageur clandestin

Il parlait parfaitement le français, car dans son pays, le Togo, c'est la langue qu'on emploie à l'école. Il doit y avoir une explication à cela que je demanderai plus tard à Papa. En attendant, pour la première fois de ma vie, je me suis demandé s'il y avait un atlas dans la maison.

Il m'a appris qu'il s'appelait Massendi, qu'il habitait dans les environs de Lomé, et qu'il avait quitté son pays une semaine auparavant, en avion, pour se rendre à Munich en

Allemagne où travaillait son cousin. Le chef de famille, son grand-père maternel, lui avait procuré ce billet en catastrophe grâce à « ses relations ».

Mais le véritable but de son voyage, c'était la région parisienne où travaille sa mère. Seulement il n'avait pas « les papiers » pour voyager en France et, pour les obtenir, c'était si long qu'il avait tenté l'aventure dans des conditions hasardeuses.

Je ne comprenais pas très bien cette histoire de « papiers », mais je le laissais poursuivre son histoire à cause des regards inquiets qu'il jetait tout en parlant, tantôt vers la fenêtre, tantôt vers la porte de ma chambre, avec chaque fois un drôle de mouvement brusque de ses épaules. À vrai dire, j'avais peur qu'il ne se taise brusquement ou qu'il ne se disloque comme un pantin cassé au bout d'un fil.

À un moment, sa voix a faibli, à peine un

murmure, juste comme il parlait de sa mère. Il avait appris qu'elle était malade, et il voulait absolument la rejoindre. Cette mère travaille « clandestinement » en faisant le ménage. Là encore, je n'ai pas vraiment compris. De clandestin, je ne connais que les voyageurs, ceux qui dans les bandes dessinées se glissent dans les cales des navires en se nourrissant de conserves, comme Tintin dans *Le Crabe aux pinces d'or*.

Tout cela me semblait bien embrouillé, et pas très raisonnable. Enfin, un garçon de douze ans ne traverse pas la moitié du monde comme ça, sans « papiers », lui ai-je dit. Et j'ai insisté sur le mot « raisonnable », parce que c'est celui que Maman emploie souvent pour me détourner de mes « mauvaises idées ».

Massendi a secoué la tête avec un air découragé, comme si je ne me montrais pas à la hauteur de la situation. Il a fermé ses

longs yeux, et ses paupières retombées sur
son chagrin lui ont fait un masque inerte et
grave comme celui qui est scellé sur la tombe
d'un enfant au cimetière de mon village.

Je passe souvent devant cette tombe et,
chaque fois, c'est la même peur froide qui
me coule dans le cœur. Alors j'ai tendu la
main vers lui, et j'ai effleuré son bras.

À cet instant, il a sorti quelque
chose de la poche de son
anorak et me l'a tendu
dans sa paume
ouverte. C'était un
tout petit éléphant
de bois noir, de
l'ébène, je crois, et il
a dit tout bas :

– Il faut que je le lui apporte pour qu'elle
guérisse. C'est un rêve qui me l'a dit. Et les
rêves disent toujours la vérité. Il faut que je
le lui apporte et elle guérira…

Je n'étais pas très convaincu, et je lui ai parlé de médecin, de médicaments, mais il m'a interrompu :

– Elle a surtout besoin de l'amour de son fils. Elle m'a mis au monde, c'est mon tour de l'aider.

C'est moi, cette fois, qui ai baissé la tête. Parce que ce qu'il venait de dire me mettait mal à l'aise. Qu'aurais-je fait, moi, si Maman avait été malade à l'autre bout du monde ? J'aurais croisé les doigts, voilà tout, mais je ne me serais certainement pas lancé sur les routes. J'ai déjà la trouille de revenir de chez Pierrot… Jamais je ne m'étais senti aussi petit, aussi piteux, malgré mon mètre quarante-cinq.

J'ai donc ravalé mes conseils et j'ai écouté la suite de son escapade.

Son cousin l'avait conduit jusqu'à la frontière suisse. Il était alors six heures du soir. Peu de temps avant que je ne le surprenne à

travers les sapins. Il avait filé tout seul dans
la forêt à la recherche d'une cabane de chas-
seur où un ami de son cousin, prévenu par
téléphone, devait venir le chercher pour
l'emmener en camionnette jusqu'à Paris.
C'est un coin de la frontière peu surveillé,
seule une douane volante y tourne à heures régulières. Il suffit d'être au courant, et
cet ami de son cousin était drôlement au
courant.

Massendi m'a alors expliqué que cet
homme travaillait à Pontarlier. En l'écoutant, je dois avouer que je me perdais un peu
dans cette famille éparpillée aux quatre
coins du monde : un grand-père au Togo, un
cousin en Allemagne, un ami en France…

Massendi avait attendu, attendu, la nuit
était tombée, et le froid était devenu intena-
ble. Il s'était approché de la chaude lumière
de mes carreaux et m'avait observé, moi, ma
bande dessinée, et le maillot de foot que je

laisse toujours bien en évidence sur la chaise de mon bureau. C'est alors que je l'avais aperçu.

Je lui ai demandé s'il ne pouvait pas joindre cet ami par téléphone, mais il s'est contenté de sortir un papier plié de sa poche. Un seul numéro y figurait, c'était celui de sa mère, et il n'était pas question de l'appeler, elle serait « furieuse » de l'exploit de son fils. Et puis, c'était là « une affaire d'homme », a-t-il ajouté en se redressant contre le radiateur. Je n'ai pas compris ce qu'il voulait dire par là ; mon père à moi ne m'aurait jamais laissé courir les continents. Et s'il y a une expression qu'il emploie à tort et à travers, c'est bien celle-ci : « Les affaires des grandes personnes ne regardent pas les enfants. »

Tout ça ne me disait pourtant pas ce qu'il comptait faire. À l'écouter, j'étais de plus en plus impressionné, et mou à l'intérieur, comme après une grande émotion. Lui, au contraire, à mesure qu'il se réchauffait, que ses grands yeux s'animaient, il me semblait plus déterminé.

J'ai demandé :

– Et maintenant, qu'est-ce que tu vas faire ?

Il a tiré sur la fermeture Éclair de son anorak, et en a secoué les pans comme de grandes ailes blanches :

– Il faut que j'attende jusqu'à demain six heures. Cet ami repassera sûrement à ce moment-là. Comme on dit chez nous, si ce n'est pas pour aujourd'hui, c'est pour demain. Il sait que je peux me débrouiller jusque-là.

Se débrouiller, peut-être, mais pas sans mon aide… Tout en grattant la moquette du bout de l'ongle, j'ai réfléchi. Ce soir, il pouvait dormir dans ma chambre sur le matelas réservé aux copains glissé sous mon lit. Un coup d'œil jeté à mon réveil me rassura : mes parents devaient être couchés. Papa dit toujours qu'il ne dort jamais aussi bien que par les nuits de grand gel. Mais demain ?

– Et demain ? ai-je lancé en lui jetant un regard bien net.

Sans ciller, il m'a rendu mon regard. C'était clair ; pour demain, il comptait sur moi.

Alors se sont bousculées dans mon esprit toutes les complications qui allaient faire de ce lendemain une course de haies. Premier obstacle : l'école…

Puis je me suis souvenu des inquiétudes de Maman à mon sujet. Je n'allais pas lui donner tort ; je serai malade, bien sûr…

D'autant que le lendemain, elle avait une journée chargée, elle partait à Besançon consulter un spécialiste, et passer l'après-midi à faire des courses : les soldes d'hiver la rendent folle…

Quant à Papa, il ne rentre jamais avant six heures. Il travaille en Suisse. Avec des papiers en règle, évidemment…

– Pour demain, ça va aller, ai-je affirmé d'un ton péremptoire.

Apparemment, cette formule magique avait fait de moi un marchand de sable. Car Massendi a poussé un long soupir en se frottant les paupières. Puis il s'est affaissé, a glissé sur le côté, pour tomber enfin, lentement, comme un jeune arbre fauché.

Je l'ai aidé à retirer son anorak, et je l'ai traîné jusqu'à mon lit. Il a eu du mal à grimper l'échelle, et puis il s'est affalé, les genoux remontés sur son ventre. J'ai rabattu la couette sur lui, et je l'ai regardé s'endormir. Le sommeil lui rendait un visage de tout petit enfant. Comme Pierrot qui fait le dur, et qui dort pourtant comme un bébé, en suçant son pouce.

Sur mon matelas, enveloppé dans l'anorak de Massendi, j'ai écouté la grande nuit froide de chez nous. Les rafales de neige crissaient au carreau, la bonne chaudière de la maison ronflait dans le sous-sol. L'oreille tendue au souffle de mon visiteur, je montais la garde contre je ne  savais quoi, et je me suis même levé pour aller vérifier que la porte était bien fermée.

J'allais m'endormir à mon tour quand une question a surgi pour me tourmenter comme un insecte désagréable : Est-ce que je ne ferais pas mieux d'aller réveiller mes parents pour tout leur raconter ? Est-ce qu'il n'y avait pas une solution plus simple pour Massendi, une solution que, moi, je ne pouvais trouver ?

C'était tentant…

Quand nous revenons de Morteau après avoir fait des courses au supermarché, je veux toujours porter trop de paquets. Et parfois Papa, sans rien dire, me déleste de deux ou trois, avant d'accélérer le pas en direction de la voiture.

Bien sûr, si j'avais croisé un « trafiquant », je le lui aurais tout de suite dit, à Papa. Même un enfant trafiquant, si cela existe.

Massendi ne faisait rien de mal. Et pourtant, il jetait des regards apeurés vers la porte… Il y avait bien cette histoire de « papiers ». J'aurais bien voulu savoir si c'était « grave » de ne pas avoir de « papiers ».

Je me suis assis sur mon matelas. Le ballon, qui avait roulé dans un coin de ma chambre, ressemblait à une grosse tête ronde tournée vers moi. J'ai murmuré :

– Est-ce que c'est vraiment grave ?

Bien sûr, il n'y a pas eu de réponse. Mais la réponse, elle s'est formulée toute seule, dans le noir : Si ce n'était pas grave, il ne se cacherait pas…

La chambre, comme une cabine de bateau, s'est mise à tanguer dans la pénombre, et j'ai commencé à avoir mal au cœur. J'ai rampé jusqu'à mon ours en peluche qui passe sa vie appuyé à mon armoire. Je l'ai serré contre moi, et j'ai flairé sa bonne odeur de peluche poussiéreuse, en grattant son cou décousu.

Inutile de me dissimuler l'évidence : aux premiers mots que je prononcerais, ou pire si Papa découvrait la présence de Massendi demain matin, c'est aux gendarmes qu'il téléphonerait immédiatement.

Comme ce jour de l'été dernier où un rôdeur tournait autour des voitures du parking devant chez nous, en essayant de les fracturer.

J'étais dans le potager, en train d'aider Maman à cueillir les haricots à rame. Les gendarmes sont arrivés et le rôdeur bien encadré est reparti avec eux. Le bas de son pantalon était déchiré jusqu'au mollet, et j'ai gardé l'image de ce mollet maigre et un peu rouge, tandis que la voiture surmontée de son gyrophare grondait en descendant notre petite route.

Ils sont gentils, les gendarmes de Morteau, je les connais bien. Ce sont eux qui ont retrouvé la petite sœur de Pierrot quand elle s'est perdue le jour de la grande foire. Mais Massendi, encadré par deux gendarmes, comme un voleur, c'était une image qui me levait le cœur. Comme si je l'avais abandonné, trahi même.

Haute trahison, disent les films. Cour martiale. Balancer, disent les copains. Tu n'es qu'une balance...

Demain, on verrait demain. Il paraît que lorsqu'on ne trouve pas de réponse à un problème il faut le laisser mûrir, dit Maman. Malgré le froid, il allait sûrement « mûrir », mon problème, pendant la nuit...

3

Matin de neige

Ce sont les griffes des rafales de neige sur mon carreau qui m'ont tiré de mon sommeil le lendemain matin. Les vitres obstruées ne laissaient filtrer qu'une faible lueur grise dans laquelle ma pensée a flotté pendant un moment. Et puis soudain, un bruit beaucoup plus alarmant m'a fait tressaillir : celui du moulin à café...

J'ai bondi de mon matelas, moi qui ai d'ordinaire tant de mal à me lever, car Maman allait surgir d'un instant à l'autre !

Je me suis agrippé à l'échelle de mon lit pour sauter à la hauteur de l'oreiller et j'ai découvert que... mon lit était vide !

Un instant, je suis resté suspendu comme un idiot, à remuer la couette comme si Massendi pouvait encore s'y dissimuler. Puis, d'un coup d'œil derrière moi, j'ai constaté la disparition du ballon, et celle de mon propre anorak, suspendu d'ordinaire à la patère derrière ma porte.

Dehors, rien que du gris et blanc, du blanc et gris ; pas une tache de couleur, si ce n'est la lourde masse jaune du chasse-neige qui rampait vers Charopey, comme un énorme crustacé des neiges, fuyant vers la forêt.

Je peux bien vous le dire : pas une seconde, je n'ai été soulagé par cette disparition, pas une seconde. Je ne suis pas un héros, mais à cet instant, j'aurais tout donné pour que mon lit ne soit pas déserté. Mon maillot de foot, et tout et tout...

Des larmes de rage me sont montées aux yeux, et je me suis mis à secouer mon échelle en me maudissant. Je n'avais rien entendu, j'avais dormi comme une masse, et Massendi était parti.

À cet instant, on a frappé à la porte, et Maman est entrée. C'est là une de ses mauvaises habitudes : elle ne me laisse pas le temps de répondre, comme si le fait d'avoir frappé lui donnait tous les droits, et en particulier celui de me surprendre en pyjama, la figure barbouillée de larmes :

– Qu'est-ce qui t'arrive, mon poussin ? s'est-elle écriée en se précipitant vers moi.

Exceptionnellement, son affolement ne m'a pas agacé ; à dire vrai, il tombait plutôt à pic. Il m'a laissé le temps de me ressaisir, et de préparer ma riposte. De son côté, elle n'a rien remarqué : ni le matelas par terre, ni l'anorak inconnu qui m'avait servi de couverture.

J'ai bafouillé que j'avais mal à la tête, mal au cœur, mal partout, et, tout en me tâtant le front qu'elle a jugé « brûlant », ma mère a conclu énergiquement que c'était, voilà, on y était, c'était le « virus » qui sévissait à Morteau.

Bienheureux virus ; rien que le mot servait mes projets. Vi « russe », cela vous a un petit air exotique et menaçant, propre à impressionner les mères.

Je l'ai laissée dire, et me suis laissé faire. Quand elle est repartie en se lamentant pour me préparer « un bon thé bien chaud » sur un plateau, je n'ai eu qu'à me rouler dans ma couette, après avoir repoussé le matelas et dissimulé l'anorak.

Là où les choses se sont compliquées, c'est quand il a fallu la convaincre de ne rien changer au programme de sa journée. Je suis alors passé sans transition du rôle de petit garçon dolent à celui de fils énergique et responsable. Non, elle ne pouvait pas renoncer à son rendez-vous chez le spécialiste de Besançon. Avec ces mois d'attente, pour renouveler le rendez-vous, impensable ! Et puis, les soldes… J'ai lâché le mot négligemment, mais j'ai bien vu, malgré son geste de protestation que ma flèche avait atteint sa cible : ses paupières ont battu deux fois, avant qu'elle ne s'écrie hypocritement : « Ça, c'est vraiment secondaire ! »

Après, il a fallu patienter. Je ne sais pas comment sont les vôtres, mais ma mère passe plus de temps dans la salle de bains que toute la famille réunie. Après le glouglou de la douche, s'écoule un temps interminable de grand silence concentré qu'elle doit employer, je suppose, à se maquiller, se contempler, s'épiler, se coiffer, quand elle ne change pas de tenue au dernier moment parce qu'elle ne s'y sent « pas bien ».

Mais ce matin-là, elle s'est montrée raisonnable. Je suppose que la longue route qui l'attendait accélérait sa cadence.

Heureusement, Maman ne craint pas la neige sur les routes. Si elle dérape, elle envoie la voiture d'un coup de volant dans le bourrelet, ce gros talus de neige qui s'accumule avec l'hiver, puis, elle reprend tranquillement sa direction. Elle a donc sorti sa voiture du garage, après m'avoir embrassé dans mon lit et assuré que « avec un virus, il n'y a rien à faire à part prendre de l'aspirine et rester bien au chaud ».

Rien à faire…

Je l'ai regardée disparaître, avalée par la route bordée de murs blancs, et je me suis précipité dehors.

Et là, j'ai battu en retraite : impossible de faire un pas sans être mordu par le froid jusqu'au sang.

Je suis donc rentré m'habiller en hâte et, pour une fois, je n'ai pas oublié mes clefs.

Il ne neigeait plus, mais le ciel restait bas comme si tout ce gris bavait sur les montagnes. La Chateleu avait disparu, et on aurait pu croire que le Jura se réduisait à un plateau infini et grisâtre, strié par les lignes des sapins.

Longtemps j'ai tourné autour de la maison en appelant Massendi à mi-voix. Finalement je me suis assis au bord du lavoir gelé et j'ai essayé de réfléchir. Voyons, de très bon matin, dans l'aube basse, où aurais-je cherché refuge ?

La grange était fermée, et le premier chalet se dérobe à la vue, niché dans un repli de terrain un peu plus bas. Massendi s'était-il éloigné en direction du lieu de son rendez-vous manqué ?

J'ai donc remonté la route en direction de chez Pierrot. Et brusquement, j'ai eu une idée. En plongeant sur la gauche dans la forêt, on tombe sur une carrière abandonnée où je vais parfois jouer l'été. La roche est creusée d'un début de galerie qui peut offrir un refuge. J'ai progressé à travers le sous-bois où je plongeais régulièrement dans des trous de neige, et j'ai enfin aperçu l'ouverture à flanc de montagne, noire et béante comme une bouche ouverte.

Massendi était bien là, enroulé dans une bâche oubliée par des ouvriers, la joue appuyée contre la paroi.

Il a sursauté à mon approche et s'est dressé comme un ressort. Immédiatement rassuré en me reconnaissant, il m'a expliqué qu'à six heures, il avait cru bon de sortir à

cause du réveil prochain de mes parents.
Avec un regard coulé entre ses longs cils
recourbés, il m'a demandé :

– Tu ne leur as rien dit, au moins ?

J'ai alors hésité. Était-ce le moment de lui
suggérer que, justement, j'avais pensé qu'il
serait peut-être plus raisonnable de…

Au mouvement de fuite qu'il a amorcé
vers l'ouverture, je me suis ravisé. Non, mes
parents étaient partis pour toute la journée,
la place était libre.

– Que dirais-tu d'un bon petit déjeuner ? Et d'une bonne douche, ai-je ajouté les yeux fixés sur son visage où la terre avait laissé de longues traces.

Les grands yeux de Massendi se sont perdus dans toute cette neige, sur les sapins accablés, les rochers engloutis, les fougères brûlées qui ne laissaient voir que leurs pointes noircies, et il a murmuré :

– Quel drôle de pays tu habites...

Moi aussi, j'ai regardé ; j'ai écouté aussi le grand silence blanc qui fait penser à la fin du monde, et j'ai dit bêtement :

– Je ne sais pas, c'est le seul que je connaisse...

Massendi m'a alors regardé avec une expression qui ressemblait à de la pitié :

– Le seul ?

J'ai opiné sans rien dire. Je n'allais pas lui parler de Besançon, ou des Charentes où habite ma cousine. J'aurais eu l'air de quoi ?

Alors, Massendi a ri en découvrant ses dents :

– Ton pays, il a bien mauvaise mine !

Et puis il a ajouté, prévenant sans doute ma réaction :

– Chez moi, le soleil met de l'or partout ! Partout, même dans la poussière qui vole !

Là, je me suis un peu vexé. C'est vrai, à force, on a sa dignité :

– L'été, il peut faire très chaud, tu sais ; même qu'on se baigne dans le lac des Tallières !

Brusquement intéressé, il a tourné la tête en tous sens, pour demander :

– Où est-il ce lac ?

J'ai vaguement indiqué la direction de la frontière avant de préciser :

– Pour le moment, il est gelé. On y fait du patin le dimanche avec Pierrot.

Là, j'ai dû marquer un point, car il s'est exclamé :

– Du patin ? Comme aux jeux Olympiques ?

J'ai acquiescé, modestement, en omettant de mentionner que je ne brillais pas particulièrement dans cette discipline olympique, et que je m'y étais même foulé la cheville l'hiver dernier.

Peu désireux de m'attarder sur le sujet, j'ai renouvelé ma proposition d'aller déjeuner. Massendi n'avait pas l'air pressé.

Moi qui me plains de la faim dès que l'heure du goûter est passée d'une demi-heure...

Lui, il a seulement scruté la neige comme s'il cherchait à voir à travers :

– Et si l'ami de mon cousin passe me prendre ?

– À cette heure-là ? Avec cette neige ?

Massendi a avancé ses lèvres d'un air imperceptiblement méprisant :

– Il fait toujours ce qu'il dit !

– Peut-être a-t-il eu un empêchement ? Un accident ?

Silence. Le regard offensé de Massendi s'est détourné et, de tout son corps raidi dans l'indignation, il m'a ignoré, retranché dans une solitude dédaigneuse. Les tremblements avaient repris le long de ses bras ; j'ai compris qu'il fallait ruser :

– De toute façon, il préférera à mon avis passer à l'heure qu'il t'avait fixée hier. C'est plus logique, tu sais. Dans ce cas-là, on ne change pas la consigne.

Le « dans ce cas-là », tiré d'une expérience fantôme, était un peu prétentieux de ma part, mais ça a marché.

Il n'a pas dit : « Tu crois ? », comme l'aurait fait n'importe lequel de mes amis, mais

il a seulement ramené son regard vers moi.
J'avais presque gagné :

– On pourrait aussi lui laisser une lettre,
au cas où…

– Une lettre ?

– Oui, où tu lui expliquerais ce qui s'est
passé, en lui précisant que tu l'attendras ce
soir à l'endroit convenu.

Massendi hésitait encore. Après avoir
repoussé la bâche, il a étendu la main pour
saisir un peu de neige entre ses doigts, et l'a
portée à ses lèvres :

– C'est que… je n'écris pas très bien. Tu
comprends, j'ai souvent mieux à faire que
d'aller à l'école, et comme ma mère n'est pas
là pour me surveiller…

– Mieux à faire que d'aller à l'école ?…

– Enfin… Tu sais, on est quatre-vingt-dix
par classe, alors, pour entendre quelque
chose ! Les maîtres parlent pour les premiers
rangs, les autres s'amusent…

– Mieux à faire que l'école !

Je n'avais jamais entendu de ma vie quelque chose d'aussi magnifique. Moi aussi, j'aurais eu mieux à faire ; beaucoup mieux à faire. La question ne se posait pas, elle était même impensable !

– Pas de problème ! J'écrirai la lettre pour toi !

4

La fouine

« Mon pays », comme dit Massendi, n'est pas toujours gris. Comme nous cheminions vers la maison, la pointe des sapins a déchiré les nuages et, sous un mince rayon de soleil, la neige s'est mise à étinceler comme de la poudre de diamant. Massendi en était tout ébloui et, en rentrant, la maison nous a parue sombre comme une grotte. L'odeur du café flottait encore dans la cuisine ; le pain, le beurre et la confiture de myrtilles nous attendaient sur la table, avec les instructions écrites pour mon déjeuner (une manie de Maman) ainsi que diverses recommandations médicales, destinées à la rassurer elle, je suppose.

Sur cette même table, j'ai rédigé la lettre de Massendi. J'ai fait exprès de laisser quelques fautes pour faire plus vrai, non sans le sentiment excitant de jouer au faussaire. Après réflexion, j'ai également imité les grandes lettres tremblées de la petite sœur de Pierrot. Massendi a eu l'air satisfait, mais peut-être était-ce seulement à cause de l'énorme tartine qu'il dévorait tout en relisant mon œuvre.

Depuis que j'avais réussi à le convaincre, je me sentais l'âme et la responsabilité d'un chef. Tandis qu'il poursuivait son petit déjeuner, je suis allé lui faire couler un bon bain chaud dans la salle de bains. Et j'ai même versé sous le robinet une bonne dose des sels de bain préférés de Maman.

En partant déposer la lettre dans la cabane de chasseurs, j'ai recommandé à Massendi de pousser le verrou, et j'ai moi-même fermé la porte à clef de l'extérieur.

Cette cabane est plutôt éloignée ; c'est pourquoi Massendi n'avait pu y chercher refuge ce matin-là. Par précaution, j'ai évité de marcher sur la route de peur qu'on ne me reconnaisse et que l'on ne me demande ce que je faisais là au lieu d'être à l'école. Un malade qui se promène par dix degrés sous zéro étant par ailleurs un peu suspect.

Sur le chemin du retour, une inquiétude insidieuse m'a fait accélérer le pas. Tout le temps écoulé depuis mon départ pesait comme un levier sur la maison menacée. À la longue, le sentiment d'une catastrophe imminente m'a jeté sur la route où j'ai piqué un sprint.

Depuis la barrière, la catastrophe a pris la figure terrifiante d'une Mme Bontemps, dressée sur la pointe des pieds devant la fenêtre de la salle de bains, située heureusement à une hauteur inaccessible.

Vous ne connaissez pas Mme Bontemps, et vous ne connaissez pas votre bonheur.

C'est la pire mégère qu'on ait jamais vue, même si Papa prétend que chaque village possède la sienne. Plus curieuse, plus malveillante (il paraît que c'est parce qu'elle s'ennuie), je défie Massendi d'en trouver une dans tous les pays d'Afrique réunis. (Et ils sont nombreux, semble-t-il.) Vous me direz que c'est une curiosité locale, mais j'aurais préféré lui en faire découvrir une autre. Un de nos délicieux fromages, par exemple.

Je me suis accroupi derrière la haie pour espionner l'espionne. C'était légitime, mais maladroit tout de même. Puisque Mme Bontemps s'est retournée juste à ce moment-là pour me voir plonger. Elle était ravie !

– Laurent, petit chenapan, je t'ai vu !

Vaincu, je me suis redressé lentement, la mort dans l'âme.

Par chance, Mme Bontemps, mue par une vague culpabilité (ne l'avais-je pas surprise en flagrant délit d'indiscrétion ?), a marché vers moi, précédée d'un flot de paroles :

– Je venais voir ta maman. C'est bien le jour où je lui emprunte *Match*, non ? Il paraît qu'il y a des photos sensationnelles sur le tremblement de terre qui a eu lieu en Amérique du Sud, lundi dernier. « Le poids des mots, le choc des photos », ah, ah ! Mais toi, ça te passe au-dessus de la tête tout ça, hein ? Pauvre innocent...

Et sur cette tête innocente, elle a passé une main si vigoureuse qu'elle a fait tomber mon bonnet. J'ai tout de même réussi à placer :

– Maman est partie à Besançon.

– À Besançon ? Mais qu'est-ce qu'elle est allée faire à Besançon ? a-t-elle demandé d'un ton réprobateur.

Puis, sans me laisser le temps de répondre, elle a enchaîné d'une voix changée :

– Alors, tu es tout seul, mon pauvre lapin ! Il m'avait pourtant semblé entendre du bruit dans la salle de bains.

J'ai pris l'air le plus niais possible. (Il paraît que je suis excellent dans ce rôle), et j'ai bafouillé :

– Du bruit ? Ce doit être la chaudière...

Elle a incliné la tête comme pour confronter mon hypothèse avec son souvenir, puis l'a secouée :

– Non, non, non ! Rien à voir !

J'ai eu peur qu'elle n'insiste, mais heureusement, ou plutôt malheureusement, elle a poursuivi sa première idée :

– Je vais entrer avec toi pour prendre le *Match*.

– Impossible, Maman m'a dit de n'ouvrir à personne !

Mme Bontemps m'a alors jeté un coup d'œil, la tête de côté, comme font les pigeons ou les poules. Visiblement, elle commençait à douter de ma niaiserie.

– Toi, mon bonhomme, tu me caches quelque chose...

Derrière mes lunettes, j'ai agrandi mes yeux, en feignant un mélange de surprise et d'indignation :

– Moi, madame ? Mais pas du tout !

– Alors, on y va ! a-t-elle déclaré en me prenant par le bras avec une énergie qui s'est imprimée sur ma peau à travers son gant et la manche de mon anorak.

Il me restait dix mètres pour trouver une solution.

– C'est que… ai-je commencé en traînant des pieds, c'est que… j'ai oublié mes clefs !

– Nous y voilà ! Je savais bien que tu me cachais quelque chose !

Sa voix s'était radoucie : le plaisir de me prendre en faute.

– Il y a une solution, ai-je vite ajouté en achevant de me dégager de sa patte de poule, je vais passer chez Pierrot chercher le trousseau que nous y laissons en cas de besoin.

(Tout de même, je ne manque pas d'à-propos, en cas d'urgence…)

Mme Bontemps a hésité :

– Je t'accompagnerais bien, mais j'ai le réparateur de télé qui doit passer dans la matinée. Je ne voudrais tout de même pas le manquer, celui-là… Tant pis, je repasserai à l'heure du déjeuner pour mon *Match*.

« Vieille toquée », ai-je murmuré en la regardant s'éloigner sur la route. Par chance, elle habite dans la direction opposée à celle de la maison de Pierrot. J'ai tout de même attendu que le tournant l'ait dissimulée, puis j'ai compté jusqu'à dix, puis j'ai encore attendu, en me disant que rien ne l'arrêtait, cette vipère, pas même le froid, qui oubliait de la faire hiberner…

Alors seulement, je me suis tourné vers ma maison. Ma maison qui abritait un fugitif, mais qui n'en laissait rien paraître : ma luge appuyée au mur, les espaliers des poiriers tordus, le ciment mouillé qui découpait la trace de mes pas dans la neige, et la pelle que Papa avait sortie pour dégager le chemin, tout était comme d'habitude.

Je me suis approché de la porte, et j'ai sorti mes clefs :

– N'aie pas peur, Massendi, ce n'est que moi, ai-je murmuré dans l'entrebâillement.

À l'intérieur, tout était silencieux. Je suis allé dans la salle de bains transformée en

piscine par l'eau répandue autour de la baignoire, dans ma chambre, puis dans la salle de séjour.

Assis dans le rocking-chair, Massendi se balançait en tendant ses pieds vers le poêle. Il s'était enveloppé dans le châle de Maman, et seul son nez dépassait de la laine floconneuse. Au-dessus, ses yeux luisants, où miroitaient les pointes du feu, me fixaient sans me voir.

– Ça va ? ai-je demandé, impressionné.

Il n'a pas répondu, selon son habitude, mais ses mains ont serré plus étroitement le châle autour de ses épaules.

– Ça ne va pas ?

Il a enfin émis une sorte de grognement rauque :

– Je crois que j'ai pris froid…

Alors, ma gorge à moi s'est serrée à son tour. Et mes yeux ont fait bêtement le tour de la pièce, à la recherche d'un secours qui, évidemment, ne s'est pas présenté. J'ai rentré ma tête dans mes épaules, avec l'impression, presque physique, que tout s'effondrait autour de moi.

Comment attendre jusqu'à ce soir ? Fallait-il se fier à cet ami qui n'était pas venu la veille ? Encore la nuit, le froid, l'incertitude ?

Sans compter que Mme Bontemps allait revenir, que Papa pouvait surgir dans l'après-midi, si une affaire annulée le ramenait plus tôt.

Alors, j'ai senti au fond de moi la sensation sourde que nous faisions fausse route.

Comme à l'entrée de ce chemin dans la forêt, l'été dernier, quand les arbres et la pénombre nous refoulaient, Pierrot et moi, et que le silence semblait nous observer. Nous avions reculé jusqu'à l'embranchement précédent, sans rien dire, intimidés.

Oui, c'était bien trop long jusqu'à ce soir, et bien trop tard ce rendez-vous avec un inconnu qui n'avait pas tenu ses engagements.

Si nous avions été au Togo, nous nous serions assis sous un arbre dans la poussière d'or, et nous aurions tranquillement attendu la fin du jour, sans trop bouger, à cause de la chaleur.

Mais un coup d'œil par la fenêtre m'a ramené au crépuscule oppressant de cette matinée de neige.

Et puis, tout à coup, il s'est fait un grand

mouvement dans ma tête, comme celui qui ébranle l'horloge quand elle va sonner, et je me suis penché vers Massendi :

– Est-ce que ta maman est encore chez elle ?

Ma question n'a pas eu l'air de le surprendre. Il pensait à elle, probablement...

– Elle a dit à mon cousin qu'elle refusait d'aller à l'hôpital pour l'instant.

– Tu es sûr ?

Massendi a réussi à sourire :

– Tu n'imagines pas comme elle est entêtée.

Son sourire s'est accentué :

– Il paraît que je tiens d'elle !

J'ai effleuré l'accoudoir et j'ai déclaré d'une voix que j'aurais voulue très ferme :

– Alors, écoute-moi bien : nous allons changer nos plans !

5

Dans le blizzard

Parfois les décisions se prennent si vite qu'on dirait qu'elles se prennent toutes seules. J'ai expliqué à Massendi que nous allions nous dépêcher pour prendre à Morteau le car qui nous descendrait à Besançon. Là, avec un peu de chance, il pourrait attraper le train de dix-sept heures dix qui part pour Paris. C'est toujours celui que prend ma tante Sylvia pour rentrer chez elle.

– Mais l'ami de mon cousin ? a-t-il protesté.

– Lui ? Et s'il ne vient pas ce soir, non plus ? Ni demain, ni jamais ? Et puis, tu es malade ; pas question pour toi d'attendre dans le froid. C'est la pneumonie assurée !

« Pneumonie », c'était un très gros mot qui a produit son effet. Le visage de Massendi s'est contracté, il a ouvert la bouche, mais il n'a rien répondu. Il s'est seulement tourné vers le poêle, et a lancé brutalement le rocking-chair d'avant en arrière. À une certaine tonalité du silence, j'ai cru comprendre qu'il renonçait. Et pas question de le lui faire dire, je commençais à comprendre à qui j'avais affaire.

Tout en l'observant, je mordillais le bord de mon pouce. S'était-il détourné pour pleurer ? Lui avais-je retiré tout son courage ? Ou au contraire l'avais-je soulagé d'un doute qui le tourmentait depuis ce matin ?

Pour mettre fin à mes scrupules, j'ai décidé qu'il n'y avait plus une minute à perdre.

J'ai rempli à la hâte mon sac à dos avec tout ce que j'ai pu trouver dans la cuisine, du fromage, du jambon, du pain, du chocolat. J'ai contraint Massendi à enfiler deux pulls sous son anorak. Puis, je suis allé dénicher mes économies dans leur cachette, une boîte en fer-blanc, glissée sous mon matelas.

Vous me direz qu'une telle précaution paraît exagérée, mais un trésor n'est plus un trésor s'il ne s'entoure pas de secret.

J'ai contemplé un instant la liasse de billets, fraîche et craquante sous mes doigts, et j'ai béni ma grand-mère qui me répète chaque année, au moment des étrennes, que rien ne vaut « les espèces sonnantes et trébuchantes ».

Massendi, à mes côtés, a soufflé :

– Je te rembourserai dès que j'arriverai…

Nous avons claqué la porte derrière nous, et nous sommes jetés sur le sentier. Mon idée était de rejoindre Morteau par des chemins de traverse, en coupant le plus possible les lacets de la route. Quelque chose comme trois heures de marche.

La neige tombait à nouveau en tourbillons désordonnés et piquants qui nous rabattaient ses flocons dans les yeux et dans la bouche. C'était le pire des froids, le froid noir et humide dont rien ne peut protéger. Un froid à rester chez soi, en tournant le dos aux fenêtres.

Heureusement que je connais par cœur tous les sentiers, et que la plupart sont empruntés par les skieurs de fond : nous avons ainsi pu suivre les traces du chasse-neige.

Nous n'avons pas échangé un mot pendant cette descente interminable. Parfois je m'arrêtais pour attendre Massendi qui peinait, butait, ou s'effondrait dans la neige. Je l'entendais haleter, mais chaque fois que je me retournais vers lui, il me lançait un regard brillant presque coléreux, pour me signifier de poursuivre.

Nous sommes arrivés à Morteau pour voir surgir l'autocar. Il crachait ses gaz noirs dans la gadoue qui entourait l'abri où se serraient quelques voyageurs. Accrochées au toit de bois dentelé, des stalactites de glace pendaient comme des canines menaçantes. 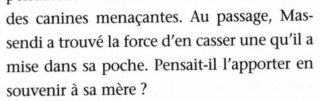 Au passage, Massendi a trouvé la force d'en casser une qu'il a mise dans sa poche. Pensait-il l'apporter en souvenir à sa mère ?

Comme deux automates titubants, nous avons grimpé l'un derrière l'autre dans le car. Ces derniers efforts étaient les pires ; impossible d'extraire mon porte-monnaie de mon sac.

Mes doigts gourds ont enfin déversé la monnaie sur l'étroit comptoir du conducteur. Celui-ci m'a jeté un regard distrait qui a dissipé la crainte que j'avais qu'on ne nous interroge.

On pense toujours, quand on n'a pas la conscience tout à fait tranquille, qu'on est le centre de l'attention générale. Mais le car était presque vide. Les voyageurs se sont dispersés sur les sièges pour agiter des pensées solitaires. Et j'ai entraîné Massendi tout au fond.

Derrière les vitres embuées, dans la chaleur ronronnante et le bercement des cahots, nous nous sommes presque immédiatement assoupis. Je n'ai eu que le temps de reconnaître l'odeur des vêtements mouillés et celle plus familière encore du vieux drap qui recouvrait les sièges. La radio murmurait une chanson à la mode, je regardais dodeliner la tête d'une vieille dame devant moi, puis tout est devenu noir...

C'est seulement en me retrouvant à la gare de Besançon, sur le quai B, aux côtés de Massendi que j'ai brusquement pris conscience que je ne le reverrai sans doute jamais. Tandis que les voyageurs nous bousculaient, que le haut-parleur diffusait des informations nasillardes, je me suis retenu de le serrer dans mes bras. Face à moi, il se balançait d'un pied sur l'autre, avec un sourire fatigué, et je ne savais plus quoi lui dire.

Nous avions couru dans la gare, nous avions acheté son billet en jetant des regards affolés à la grande pendule, et maintenant deux minutes à peine me restaient pour graver le souvenir des ses traits dans ma mémoire. Tout en le fixant silencieusement, j'ai promené un crayon invisible autour du visage de mon passager clandestin, en route pour une destination inconnue.

Déjà il s'élançait sur le marchepied, quand je me suis écrié :

– Donne-moi au moins le numéro de téléphone de ta mère !

Le contrôleur longeait déjà le quai, en claquant les portières derrière lui. Massendi, debout sur le seuil du wagon, a eu un geste d'impuissance. Il n'avait rien sur lui à part le sac que j'avais rempli de vivres, et le précieux papier plié. Furieux contre moi-même, j'ai trouvé la force de me pendre à la veste de l'employé :

– Monsieur, je vous en prie, vous n'auriez pas un papier et un crayon ?

Le contrôleur m'a jeté un regard agacé, mais il a tout de même fouillé ses poches, tandis que des sifflets stridents déchiraient l'air autour de nous. J'ai griffonné sur le revers d'une enveloppe ma propre adresse, et mon numéro, et je l'ai tendue à Massendi  par-dessus le bras du contrôleur qui rabattait la portière.

Puis le train a glissé sans bruit, et je me suis mis à courir pour me maintenir à la hauteur du wagon. Le reflet du soleil couchant aveuglait la vitre et je n'ai rien vu que l'éclat argenté d'une barre de nuages qui a filé sous mes yeux. Le train prenait de la vitesse tandis que les moteurs ronflaient, et j'ai ralenti pour m'arrêter à la hauteur d'une cabine téléphonique.

J'avais envie de vomir, et je ne m'étais jamais senti aussi seul de ma vie.

En tournant autour de la cabine, j'ai tenté de retrouver mon souffle, de calmer les battements de mon cœur, et de chasser cette sensation de vertige qui ne me lâchait pas. Depuis que le train avait emporté Massendi, j'avais l'impression de me tenir au bord du précipice où je l'avais poussé. Je me suis agrippé à la poignée de la cabine, et soudain, j'ai su ce qu'il me restait à faire.

Le numéro du portable de ma mère s'est composé

tout seul sous mes doigts. Dans la cabine, il faisait nettement moins froid, et j'ai remué les vieux annuaires, tandis que les sonneries se succédaient dans le vide. Pourvu qu'elle réponde...

Et elle m'a répondu :

– Laurent, tout va bien ? Je suis sur la route, j'arrive dans une heure. Tu sais que je n'aime pas téléphoner en conduisant !

– Maman, je suis à Besançon, à la gare... Je t'expliquerai ; viens me chercher...

J'ai réussi à différer mes explications. Ma mère avait senti au ton de ma voix que c'était grave et, comme toujours dans ces cas-là, elle s'est montrée à la hauteur.

– J'arrive, a-t-elle lancé d'une voix nette. Attends-moi à la cafétéria de la gare.

Quand j'ai raccroché, la barre dans mon ventre avait disparu, et je me suis traîné jusqu'à la cafétéria ; mes jambes, soudain, ne me portaient plus, mon corps ballottait comme un sac flasque et, dans ma tête, tournait cette unique pensée : Maman va venir...

Comment j'ai trouvé la force de m'installer, de commander un chocolat chaud, d'attendre sans m'endormir sur la table, je ne pourrais le dire. Je me souviens seulement qu'en surgissant, ma mère a dissipé ce brouillard, et que je l'ai contemplée comme si je la retrouvais après une très longue absence. Elle était élégante, et sous son nouveau chapeau de feutre noir, presque étrangère. Et si énergique... Énergique dans sa façon de pousser la porte vitrée, de marcher vers moi avec un visage indéchiffrable, et même dans sa façon de s'asseoir en repoussant son manteau de fausse fourrure.

Alors, j'ai déballé toute l'histoire...

Tout en m'écoutant, elle tournait méthodiquement sa cuiller dans sa tasse de thé, d'un geste continu qui creusait un minuscule tourbillon au centre du liquide doré.

À force, j'ai eu l'impression que mes paroles tombaient une à une dans cette tasse de thé et qu'elles s'y dissolvaient.

Car contrairement à mon attente, ma mère ne s'est pas fâchée : pas de hauts cris, pas de bras levés au ciel, comme lorsque je reviens de l'école en ayant perdu mon écharpe, ou avec un zéro en dictée. Elle était d'un calme surprenant que j'ai d'abord interprété comme un refus de dramatiser la situation. Jusqu'à ce qu'elle retire ses lunettes et me fixe jusqu'au fond des yeux... Et alors...

6

Le bout du chemin

Alors, j'ai compris que c'était grave.

– Mais enfin, Laurent, comment as-tu pu penser une seconde que tu pouvais te débrouiller tout seul avec cette histoire ? Est-ce que tu te rends compte de ce qui peut se passer maintenant ? Cet enfant, tout seul, perdu à Paris ?

Au-dessus de sa tasse de thé, elle m'a saisi le bras et l'a serré comme pour me communiquer l'affolement qui la gagnait. Avec le mot « enfant », Massendi brusquement rétrécissait, rétrécissait, devenait un petit être si chétif et si vulnérable que les larmes me sont montées aux yeux. À la place de toutes celles qui auraient pu la contredire, s'imposait l'image de son visage contracté par l'angoisse tandis que, ce matin, il se recroquevillait sur le fauteuil devant le poêle.

Du mieux que j'ai pu, j'ai retenu mes larmes au bord de mes paupières, parce que le plus à plaindre, oh, non, ce n'était pas moi.

D'ailleurs ma mère s'était détournée et fixait la pointe de sa botte qu'elle tendait devant elle.

Elle n'avait pas touché à son thé qui fumait doucement dans les courants d'air de la gare. Les voyageurs passaient devant nous, courbés sous leurs valises, avec des visages ternes que je scrutais un par un ; si seulement on avait pu arrêter tout ce mouvement indifférent comme on arrête une pendule, et que chacun nous vienne en aide…

Ma mère réfléchissait. Son silence a fini par me rassurer un peu, car il était si concentré, ce silence, qu'il allait forcément en sortir quelque chose de bon.

Soudain, elle a plongé vers son sac et a sorti son portable.

J'ai bredouillé :

– Qu'est-ce que tu fais ?

– J'appelle Sylvia.

Sylvia, c'est ma tante parisienne. L'intellectuelle de la famille, « montée » à Paris pour faire carrière dans l'informatique. Ce qui ne l'empêche pas de rejoindre tous les étés son Jura natal pour passer des nuits entières à bavarder avec ma mère. Depuis mon lit, je les entends pouffer comme des collégiennes tandis que mon père grogne devant sa télévision.

Sylvia, ses yeux noirs, son carré brun impeccable au-dessus de sa nuque blanche.

Elle allait nous tirer d'affaire.

Ma mère a remis ses lunettes, et a composé le numéro. Sa main s'est aventurée vers sa tasse de thé, tandis qu'elle fronçait les sourcils.

– Sylvia ? C'est moi...

Tout en exposant la situation, ma mère me jetait des coups d'œil impérieux chaque fois qu'une information réclamait mon approbation :

– Oui, un jeune Togolais, une douzaine d'années, un anorak gris. Tu ne peux pas le manquer... le train de Besançon. Mais fais vite, si tu pars maintenant, tu l'intercepteras forcément. Entendu... Tu m'appelles tout de suite...

Après avoir raccroché, ma mère s'est laissée aller sur le dossier de sa chaise.

Et pour la première fois, elle m'a souri :

– On va y arriver...

J'ai passé le trajet du retour à fixer les essuie-glace qui écrasaient la neige de part et d'autre du pare-brise. Leur effort mécanique me rassurait. Comme si leur va-et-vient obstiné scandait les roues du train qui emportait Massendi vers Paris, et les enjambées énergiques (c'est un trait de famille) qui portaient Sylvia à sa rencontre.

Je redoutais le retour à la maison. À cause de mon père. Il faudrait inévitablement le mettre au courant, lui qui devait déjà s'inquiéter d'une maison vide.

Mon père est « soupe au lait », si vous voyez ce que cela veut dire, même si plus personne de nos jours ne mange de soupe au lait. En d'autres termes, il suffit souvent d'un rien pour le mettre en ébullition.

Mais je tiens à témoigner : les parents, parfois, peuvent surprendre agréablement. Tout comme ma mère, il n'a réagi qu'en faveur de Massendi. Mes cachotteries ne m'ont pas valu de commentaires. Des commentaires peut-être remis à plus tard.

Nous avons dîné en silence, l'oreille tendue en direction du téléphone. Je tressaillais à chaque bruit, et les aiguilles de ma montre, qui faisaient partie de la conspiration, se traînaient lamentablement.

Le train arrivait en gare de Paris-Est à vingt heures vingt-quatre. À vingt heures trente-cinq, la sonnerie a retenti.

Ma mère a bondi, en jetant sa cuiller dans son assiette. La conversation a été

horriblement   brève.
Malgré son obstination
à éplucher les voya-
geurs, Sylvia n'avait pas
trouvé de petit Togolais
à la descente du train.
Ma mère s'est tournée
vers nous, accablée :

– Qu'est-ce qu'on va faire
maintenant ?

Le visage de mon père s'est alors durci.
Sans m'accorder un regard, il s'est levé à son
tour et a jeté d'une voix brusque :

– Ce qu'il aurait fallu faire depuis le
début : appeler la police.

À mon tour, j'ai repoussé ma chaise, et je
me suis dressé devant lui. L'image du rôdeur
de l'été, encadré des deux gendarmes, dan-
sait dans ma mémoire. J'ai supplié :

– Attends encore un peu, Papa, je t'en
prie...

Mon père m'a regardé, puis doucement, il a détaché mes doigts cramponnés à la manche de son pull-over :

– Comprends bien, Laurent, que si nous ne faisons rien, nous abandonnons cet enfant qui est peut-être en danger...

Puis, il m'a écarté et s'est approché à son tour du téléphone :

– Je vais tâcher de joindre la police parisienne. Appelons les renseignements et demandons le numéro du commissariat le plus proche de la gare de l'Est.

D'épais sanglots m'ont coupé la parole, et je me suis enfui dans la salle de bains. J'ai claqué la porte derrière moi pour ne pas entendre la suite. De toute façon, je n'avais plus mon mot à dire, puisque tout ce qui était arrivé était ma faute ; j'avais été en dessous de tout, nul, nul, nul... Et plus cette constatation s'imposait, plus il me venait de preuves accablantes de cette nullité : je n'avais même pas eu la présence d'esprit de demander à Massendi l'adresse de sa mère, le train l'avait emporté avant qu'il n'ait pu me donner son numéro et, comble d'horreur, je le réalisais seulement maintenant, j'ignorais jusqu'à son nom de famille !

Massendi, ce prénom, doux comme le froissement d'une étoffe, suffisait à le représenter…

En me penchant pour ramasser la serviette de bain qui avait glissé de la barre fixée dans le mur, j'ai aperçu un objet noir. À travers mes larmes, j'ai reconnu le petit éléphant d'ébène. Massendi l'avait oublié après son bain.

Tout en le tournant entre mes doigts, je me suis souvenu de ce que m'avait un jour dit ma grand-mère : « Lorsqu'on oublie quelque chose quelque part, c'est qu'au fond de son cœur, on souhaite y revenir... »

Curieusement, cette pensée a calmé mes sanglots. Je me suis assis sur le bord de la baignoire, en me disant que, peut-être, tout n'était pas perdu...

À cet instant, le portable de ma mère a sonné. Des pas précipités, un cri...

J'ai bondi hors de la salle de bains. Sylvia venait d'appeler. Elle avait retrouvé Massendi en remontant une dernière fois le quai. Il sortait d'une cabine téléphonique depuis laquelle il avait essayé d'appeler sa mère. Sylvia l'emmenait sur-le-champ à La Courneuve pour la retrouver.

Je me suis jeté dans les bras de Maman ; nous avons ri, et même sauté sur place. En tout cas, moi...

C'était il y a un mois.

Depuis, j'ai eu d'autres nouvelles. Massendi a gagné son pari, sa maman va mieux.

Il reste pour l'instant auprès d'elle, mais il rentrera au Togo à la fin du mois pour régulariser sa situation et tenter d'obtenir les fameux papiers. Car il voudrait venir étudier en France l'année prochaine pour vivre avec elle.

Tant pis pour la poussière d'or sous les arbres, et l'école buissonnière. Il comprendra que chez nous, on ne peut pas dire qu'« on a mieux à faire que d'aller à l'école ».

L'autre jour, je lui ai envoyé un paquet à La Courneuve. Il contenait le petit éléphant d'ébène, enveloppé dans le châle de Maman.

Je me dis que s'il revient par ici un jour d'été, je l'emmènerai au lac des Tallières voir le soleil se coucher entre les grands roseaux de la berge. Parfois, les soirées sont si douces qu'on reste jusqu'à la nuit à jouer sur les bords, et à lancer des cailloux dans l'eau.

Je voudrais tant qu'il ne reste pas sur l'idée que mon pays a mauvaise mine...

Table

Conception graphique de la collection :
Isabelle Gibert

Reproduit et achevé d'imprimer
en avril 2004
par l'Imprimerie Floch à Mayenne
pour le compte des éditions
ACTES SUD
Le Méjan
Place Nina-Berberova
13200 Arles.

Dépôt légal
1re édition : mai 2004
N° impr. : 60080
(Imprimé en France)